空杯里唤醒的海

狄安娜 著

河北大学出版社
HEBEI UNIVERSITY PRESS

图书在版编目（CIP）数据

空杯里唤醒的海 / 狄安娜著. -- 保定 : 河北大学出版社, 2017.12（2018.5重印）
ISBN 978-7-5666-1243-4

Ⅰ. ①空… Ⅱ. ①狄… Ⅲ. ①诗集—中国—当代 Ⅳ. ①I227

中国版本图书馆CIP数据核字(2017)第256889号

KONGBEI LI HUANXING DE HAI

责任编辑：李　达
装帧设计：徐春爽
责任印制：靳云飞

出版：河北大学出版社（保定市莲池区七一东路2666号D座）
经销：全国新华书店
印制：河北纪元数字印刷有限公司
开本：889mm×1194mm　1 / 32
字数：56千字
印张：8.25
版次：2017年12月第1版
印次：2018年5月第2次印刷
书号：ISBN 978-7-5666-1243-4
定价：36.00元

读安娜的诗（代序）

读安娜的诗，首先读到的是诗意，不必讳言，而今有太多无诗意的诗人。

诗有别裁，是指诗的创作要有某种独特的气场，要有不同于常人的思维方式，比如跳跃力、联想力、顿悟力、感染力等诗人独特情感的展现。读安娜的诗，能感悟到她对诗深耕细作的踏实，能感悟到她对诗惊鸿一瞥的感动，能感悟到她对诗毫无准备的邂逅，以及她对诗可遇不可求的敬畏。

读安娜的诗，总会有一种强烈的感受，能引发你的某一段深刻的感情，能让读者反复回味，以至无穷无尽。或者说，有一种莫名的意境顿悟，这是我读安娜诗时的一个突然闪过的想法；或者说，安娜的诗有一种新的美学理念，带有理想主义的“试验”性质，她的诗也可能是对传统中某种僵化不变诗兴的纠正、无礼乃至叛变。这背后理所当然是人性的挖掘、深入与进步。总之，安娜的诗应该是一种自由意志和理性追求，她的诗有一种挣脱束缚的自由感、奔放感，及生命力的释放与注解，这是一种情怀、一种洞见、一种态度，这是我们熟读中国传统诗时那种熟悉的精彩回放。

好了。让我们吟读安娜吧。

自序

活了几十年，一直在一条自己幻想的路上，有花，有草，却没有一颗安静的心。

一场雪，让诗歌像一只鸟，飞落在我的头顶，因为它，我看到了太阳、月亮和星星，还有生活中的小角落。

因为诗歌，善良回到了我的身旁，我重新认识了世界和生活，还有自己。

这本诗集是我在岁月中感受到的芳香，我把它们变成小鱼、贝壳或砂砾，放回大海，让波浪因为有了伙伴，变得快乐和温暖。

其实我一直觉得自己很无知，就像一个空空的玻璃杯，这个杯子被注入了文学的水，突然就获得了生命，有了自己的波澜，有了自己的深度。

被唤醒的海，没有惊涛骇浪，只有一颗沉静的心对时间的诉说，总有一天，它会离开大海，重新变成一条甘甜的小河，回到故乡，回到初心停泊的地方。

狄安娜

2017年10月30日

目录

雨中鸟

屋檐

挂上了一串串珠帘

路已成河

落入水中的叶

游向了岸边

晚来寂静

我是雨中飞着的鸟

错把黑夜

当成了你

叠

把凌晨三点的心情

叠起

两个多事的袖子

捂在胸口

把系紧领口的幻梦

向下对折

任何时候

低头

都是人类情不得已的开始

四个棱角的存在

却是情不自禁的结果

借我一树繁花

新疆飘来的云彩
好暖
缝一床冬被
给下一个冬天
轻轻拍打
把云与云的缝隙缩短
借他一树繁花
绣在背面
暗叹
这风霜杀不死的浪漫

外婆的童话

快看
那个帽子上有红羽毛的家伙
在发刷和花镜的旁边
他的火柴
照亮黑色的墙壁
瞬间熄灭
难道黑暗打败光明
无人相信
他却昂首挺胸
撕碎日历
哼着进行曲
这个世界

只有我和九十四岁的外婆

始终相信

他是我们的英雄

梦到自己

梦到大海
它冲上海岸
梦到螃蟹
它们钻进岩石的缝隙
梦到贝壳
它们的主人还在
梦到自己
看着
离去

为了忘记

我把所有想要对你说的话
赶进羊圈
让它们学会温顺和良善
当你回来时
它们吐出嚼碎的青草
迟疑地抬起眼睑
学着羊群咩咩地叫着
却再也不会
热烈地和你说起从前

给尘埃画翅膀

打开所有的窗

尘埃

落在手上

给它们画上翅膀

带我去寻找你的芳香

无视膝盖的伤

无畏山河漫长

我们

在村庄的早市上

提着一个空空的篮子

滚烫的笑

六月樱桃里迷失了方向

带着萤火虫去远方

无数夜晚
你的城市变成我的梦乡
趁着酒意
理智的月亮
还没有把忧虑的问题照亮
把怯懦的影子
关在门外
让她带着我画的几只萤火虫
去远方
我们有了闪亮的家
两个人的故乡

成熟

残尾
青春开始频频回头
看左右摇摆的它
摸摸
头上的犄角
圆润如玉
落在雪地上的足迹
是再也不怕冷的花瓣
只是钟声一响
心头
突地一暗

死神的证明

酒

把真相从人群里

拉出来

他哭喊着她的名字

仿佛叶落时呼啸的风声

人生如梦

何必在意梦的真假

让人祭奠的墓碑

会义正词严地证明我们真的活过

灵光一闪

灵光
在一片旷野
闪了闪
鸟儿
衔着一片绿叶
归了巢
我从一只伸过来的小脏手里
看到
一朵花
一片森林

提早的冬天

这个夜晚
你把月亮撕碎了给我
我接过来
打了一个寒战
爱上月亮
是因为沉迷黑暗
爱上你
是因为青草覆盖了废墟
而我
是你提早的冬天

不像夜晚的夜晚

终于
让夜晚回归夜晚
尘埃落定
劝慰小田鼠回家
让月亮升起
打开天窗
就有星星落下
总有几颗跌得粉碎

活

活

是多么沉重的一个字

我该用多少清晨的露

换取

夕阳里红色的太阳

在青草中摇摆的愿望

挡住奔来的头羊

在黑发叫醒白发的午后

走进小小的菜园

我们还能一起

抓一条翠绿的小虫

赞美

它年轻的衣裳

猜

你扔下几句话

走了

它们磨出了我心里的茧

一个逗号

跌落在脚下时

溅起了咸涩的苦味

而我在捡起它时

一不小心就被海底的暗峰

划伤

只有我听到

大雨渐弱
楼梯转角的地面
出现了几个浅浅的水洼
一个泡泡
忙着用彩虹线
在水面
绣出含着泪光的树影
还没来得及把最后一针
藏在没有鱼
没有波澜的水底
来自高空的另一滴雨
击穿它的胸口

我听到

阳光破碎的声音

数星星

生下来

只数过一次星星

短小的食指

把数字指得含糊不清

长大后

一腔热情被捶打成硬壳

望月空鸣

幸亏

在我死后

可以静静地躺在大地上

无限仰望

空遗憾

隔壁老鼠
偷走了我嫁衣上的纽扣
它的新娘
从此有了一盏夜灯
而我的遗憾
在衣领上留下的星点痕迹
被空空的扣眼
尽收眼底

生死契阔

风来过
它以为不会留下痕迹
但我的脚下
一片落叶诉说着它的悲伤
再活几十年
我们就可以离开这脆弱的地球
把指针
停在一个没有数字的地方
那时
再也没有任何事物
将我们阻挡

意外的惊喜

在你的左眼里
看你右眼里的风景
你不开口
我绝不点明
我咳嗽了一声
你眨了一下眼睛
意外
让你看清了自己

我等的人

我一直在等一个人
可他没来
我难过地想象一场灾难
可怕的念头
与我的影子重叠
每次回头
它都会突然立起
将我举上悬崖峭壁
深渊
冷冷地看着

眼里的魂魄

悄无声息

台阶上

一个被丢弃的烟头

前半生给了亲人

后半生给了漂泊

我是它无数过客中唯一停下的人

彼此打量

孤独

是眼里的魂魄

昨天的昨天

昨天的昨天
冷焰
毁了一团
蜷在桌底的记忆
谎言
制止了叹息
白茫茫的江边
远了的船
靠岸的是孤单

相亲

不起眼的酒店
高悬在屋顶的水晶灯
误解了他们
一杯酒
解救了像海苔一样干脆的辞藻
他们一起晚餐
却把丰富多彩的想象
给了旁边
一把空着的椅子

孤独的真相

一个站在山顶
一个立溪旁
你俯视
我仰望
透明的孤独
终于说出真相
我是你的孩子
你是我的王

想你，时间却好慢

递给秒针

一个草莓冰淇淋

我们边吃边走

我们聊

老花镜能上能下的品性

我们看

全家照里最甜的笑容

我们说

天天换新衣的窗户

你打来电话奇怪地说

想你

时间却突然好慢

我想笑

赶紧捂上口

意如初

小时候
总站在树下仰望
等你把果子扔进我拽起的裙里
仿佛像晚秋
等待一个个最终的消息
如今
天空已被你画满了星星
我只好
做唯一的月亮
让被诱惑的羔羊
听到牧羊人遥远的鞭响

看似无心却有情

好几日

没有看到你

仿佛一团柳絮去追云

蜗牛寂寂

时间在它的壳上

茫茫然地旋转

让寻常一朵花的凋零

作答

无心的三千问

礼物

谁都没有告诉你
你的背影很美
每次告别后我都放在心上
回家的小路
树静鸟鸣
世界给了我
一个绿色缝隙里偷看的太阳
我笑着
摘下身上的柔光
在林间铺一条曲折的小路
越走越长
是我和你的幸福时光

两根蜡烛

点亮
两根蜡烛
红烛
照亮你的脸庞
白烛
映照我的眼睛
我猜
我的第一个滚落泪珠
而你的
最先熄灭

放生

安静的阳光
长廊
打开门
放走记忆里苦役的人
从此
竹喧莲动

走不出的森林

久居城市

我把高楼当作青山

草地当成湖泊

汽车看成昆虫

树林权当森林

一只突然出现的小松鼠

让我信以为真

孤山依旧

沁肌透骨

是你晚秋的话

月光

敲打着月梢

又一片叶

做了他人的嫁衣

银镯响了一个晚上

默认

清风已去

孤山依旧

终于

一朵云

终于追到另一朵

蔚蓝的天

遇到一片湛蓝的海

终于

你的国王对峙我的王后

我们

再无退路

被踩碎的春天

风瘦了
雨却变得丰满
不管谁来
叶子
都觉得累
青蛙还没醒来
香魂已断
这个被脚步踩碎的春天
静静地
等在青蛙的门前

我的诗去了哪

有人问
你的诗去了哪
不予作答
轻轻地与夜对话
滴滴答答
翠枝
点点相思芽

盼春

灰暗的天空下
一根树桩突兀地站着
贪婪的人
拿走了它的火焰
一滴泪
落在被轻视的忧伤里
寒风呼啸
我立在命运暗河的尽头
等春天告诉我
你还活着

思如云

迎春花未开
我们就已慌忙告别
谁也不愿意
让悲伤走进暮年的老墙
让愤懑变成
春天的第一层青苔
于是
思念在天空打了几个滚
深居远山

爱的较量

透着白色的面纱

望着他

他已经站到神的位置

看她的眼神

像对一个熟睡的孩子

一旦醒来

她就是小小的魔鬼

拉着他的手

非要进行一场球赛的较量

毫无胜算

却倾尽全力

寒冬夜行

街头喧闹
情不自禁地打了两个喷嚏
看着自己的皮肉
仿佛看着一个冬天
太阳属于别人
星星才是我的珍奇
轮回的路上
可爱的你
竟是血债血还的人

浮桥逢春

一来人

就变得局促不安

摇啊摇

是因为那老了的河

突然深了的酒窝

还是鸟儿身后隐隐的绿

让你动了心

人已远去

赶紧

偷看颤动的倒影

等

不停

春图近景

一层蓝

一层粉

一层绿

一群走着的人

一低头

一抬头

一揉眼

你是唯一的近景

慈母心

最后一片叶

在春天的第一场大风里

离去

母亲不愿放手的

永远是最孱弱的孩子

不送

是孤独明了的深情

我看透了

太阳急着出现的心

低头时

那片叶很沉静

白鸟

很久
没有再见一只白鸟
像珍珠
落在海底
而眼前的都是穿着灰衣的鸟
头顶夜色
它们在我的天空
啄出一个小小的缺口
越来越多的鸟从那里飞走
再不回来

盛装的夜晚

好久不见
收起疲惫的伞
立你面前

又是一年
修得一尊泥像的影
莲花如伴

这个夜晚
我把绝望打扮得很美丽
空空的火柴盒
一直在手心

我想问

火柴是否还在你那里

梦游的娃娃

未开口
星星已跳出屋顶
掏出一天的所得
送给太阳和迷路的孩子
向黑夜问好
在每一堵高大的墙上
画一个笑脸
在别人没有发现前
回到床上
以不眨眼的睫毛
回应
注视着一切的上帝

谁说我快乐

他发来一条信息
情人节快乐
他说这只是祝福
并不代表什么
而我
已往井里扔了十二块石子
暗自猜想
它们喝多少水
才能归还与我对峙的时光
乔装成
一个又圆又大的月亮

我想要的，你猜不到

一张桌子
两把椅子
面对面
你把自己的蛋糕
分给我一半
我摇摇头
我只想要盘子里的美丽点缀
一个草莓

下班的路上

生活的滋味
总是因为太阳的一次迟到
而变得不同
一条路
被重复的脚印
踩出了裂纹
风用力摇晃着树
也许
只有那些枯死的叶
全部落下
春天
才会早一些到来

沙哑的歌

今晚

只有一颗星星

没和我说话

我也故意低着头

不理

心里的牵挂

只是不停地弹着吉他

一首歌

唱得沙哑

我不是你们想的那样

我不想成为最亮的星星
知音惧怕
被深不可测的乌云吞没

我更不想成为太阳
赞美和诋毁
是它从不离脚的铁靴

我只想
做一棵安静的白杨
随着生命的成长
总会出现
一个看得更远的眼睛

我的家在中国

海豚的家
在大海
大海的家
在广袤的地球

白云的家
在天空
天空的家
在无限的宇宙

燕子的家
在我家

我的家在北京

妈妈说祖国现在很强大

没人再欺凌

你可以四海为家

敲门人

我的影子
总在人群中微笑
和每一株可爱的花草拥抱
与每一只小虫问好
我从不在意
更不关心
我急着把日子填满
把日程表上的事情做完
我们是完全不同的人
我总是怀疑
她是不是我的身影
她也质疑

我们为什么来自同一个身体
她有时偷跑出去
说要找到属于她的自己

而在黑暗抚摸我额头的时候
她永远是第一个敲门人
闪亮着眼睛
和我畅谈光明

我不是太阳

在陌生的门外
站了许久
屋里恰似乡音的歌
萦绕屋檐
我不是太阳
不会
推门走进去
云催促着迟疑的影子
轻轻擦去脚印
就像我从未来过

没有准备好的村庄

一生
忙于准备
把心里的声音变成村落
刚刚建成
就飘来一片云
抬头时
它已经飞走
焦急的
是那片代售的土地

我最爱的人

在这个世界上

我最爱的人

不是你

不是他或她

而是

走出我肉体的那个灵魂

只是

我们未曾相识

爱你，就像没有明天

相见
为一件风衣的温暖
你来
却讲一缕风在寒冬的遭遇
你把许多彩色的气球
递给我
我举着它们一路奔跑
直到忘记
每一个气球的颜色

追悔

轻轻摇
树上的鸟飞走了
掉下来一个苹果
受伤了
我给它
画上眼睛
它就大喊着
想要一对翅膀

欢乐的旁边

银铃

挂在云端

天使

偶尔碰响

花第一次笑时

绿叶

却哭了

北风的问题

趁着
太阳还在
把悲伤扔进洗衣机
反复清洗
让它干干净净
带着清香
安然地
晾晒在锈迹斑斑的铁丝上
而北风的几次追问
就让它疯了似的想逃
终究躲不过一个夹子
所给的命运

留下的唯一

睁开眼睛

是山

闭上眼睛

是河

我想你

一尘不染

只剩下一个名字

在瀑布后闪烁

斜看青春

一只褐色的小虫
在纱窗上行走
我揣摩它毛绒的爪子
会碰掉多少东西
尘埃
旧事
或是一个过期的愿望
它热情挥舞的触角
仿佛是恢复了青春的年华
指点江山
却持以冷淡和无求于人的态度
我试图靠近

却不知该站在它的前面

还是后面

梦里的答案

谁在敲门
我无心顾及
他是否将月光踩碎
睫毛一闪
那人也许就消失在云后
门可以打开吗
答案
硌疼了我

百年老店

每个清晨

我的忧伤都会排成长队

等一个窗口

递出一杯暖暖的豆浆

他离百年老店

还有八十八年

我却觉得这一百年

已近在眼前

被隐瞒的地图

一直以来

我都很迷茫

我的路

没有地图

而在人生的最后几夜

你抓着我的手

用指尖划过掌心里的纹路

我才突然明白

地图在手

用眼泪换回坚强

当闪电划破天空时
所有人
放下手中的事
像向日葵一样仰望天空
表情不同
却闪着一样的光
渐渐长出根
伸向另一个遥远的国度
抓紧彼此传递的力量
我们把声音让给一个孩子
请他呼唤一只美丽的麋鹿
带走死亡

在上帝忽视了这群爱犯错的孩子时

我们用眼泪

换回坚强

赤手空拳

路上
他远远地看着我
向天空
挥舞着拳头
他笑了
森林包围了路
天空埋没了森林
在太阳眼里
我不过是一个
随时会被扎破的气球

爱与不爱

因为不爱
你总能找到
我面具后的裂纹
因为爱
你总能猜出
我面具后的花纹

我想看到的真实

穿梭
在人群里
你笑着
可我多想看到
你三岁时
对着一张白纸的沉默

夜飞雪

相思卷帘
风不住
叶落花尽
尘酿香
乱扑小窗
人不寐
黯魂
抹去烛底泪

曾经

在世界的一头
我笑着
你却哭着
从未想过
我快乐的时光里
藏着别人的悲伤

后来
在世界的另一头
你笑着
我却哭着
从未料到

你快乐的时光里

不再有我的悲伤

曾经与后来

就这样走过

我笑着

流着泪

看你离开

赌

从一张牌里看到生

在一张牌里寻到死

虚妄的迷雾里

我们看清了对方的脸

赌注里

抽出最轻的一部分

只为了

所谓的圆满

死劫

我确信

这根小小的蜡烛

即将熄灭

它耗尽一生陪我

只为了

让我喜欢书与光明

而我

却在最后一页

收藏了泪水

挥手就是再见

有人
又摘走了几朵云彩
留下太阳
守着天空的孤独
笔太沉重
连涂鸦都是异想天开
美丽的云彩
我们只好等雪的融化
再见

成全

你不能
让我成为最幸福的人
我只好
作茧自缚
成为最美的人

远行

拒绝
报纸上炙热的阳光
在铁皮的晃动中
我想买一瓶干净的水
抬抬脚
昏昏欲睡的人
我在等麻雀扑打飞驰的窗口
告诉我
海燕的消息

我们没有变吗

经历了春天

我们大病一场

小小的错误

放大成无际的天空

被遗忘的事

在十指相扣时

叶落归根

我们都傻

一根触角
对另一根触角说着爱
一个声音
从身体里淘出另一个声音
浅浅的白
旁人笑着经过
就像落叶
对冬天说着清脆的话

疯狂的城市

时间

在铁管里

从一个房间到另一个房间

拐弯

一个角落

有人撕碎方案

眼睛

还在讨价还价

高跟鞋

踩着影子的口袋

睡在抽屉里的苹果

在失忆的冬天

老去

过客匆匆

总是很早醒来
看到一扇虚掩的门
吱吱呀呀
螺丝松动了许久
只有麻雀偶尔张望
我是清尘的过客
名叫匆匆

桥

再也没有一条

通向你的路

彩虹已经多年不见

黄河滚滚

岸上又多了一个纤夫

泡影中的太阳

水

涌进了我的小船

鱼的尾巴

拍打着我的不安

一不小心

冲上夜的对岸

撞醒了太阳

它一下子冲上了天空

我挥舞着沾满泡泡的船桨

大声喊着

再见

被拿走的春天

或大或小

出现和消失

像画

如迷宫的字

闪电

解不开它的锁

我把整张纸立起来

掉下的黑粉末

是乌鸦盗取的歌

走，去世界的尽头

走，去世界的尽头
一根黑色的绳
系上太阳
它是我心爱的气球

走，去世界的尽头
在另一个地方
干涸的小溪
学会了拐弯再直行

一失手
桃花就落满地

我在倒塌的城池下

留下尖锐的指甲

归期

归期已至

白雪为路

无数的脚印在等我

你问：还有什么要拿

我要

所有人的悲伤

糟老头子

屋檐下
燕妈妈在窝里喂孩子
房屋里
一声又一声“糟老头子”
敲的窗纸乱响
小燕翘着尖嘴生气
燕妈妈
笑着拍打翅膀
小孙女变成了小媳妇
捶打着爱人说
你这糟老头子欺负我
桃树上的蜂窝
溢出八千里的蜜

我希望

我希望

叶在飘落时

已经沉睡

等风送它一程又一程

把所有对风的感激

预存在枝头

来年

以花报恩

最冷的不是天空

冬夜
下着大雨
我在家
想象路上的泥泞
你取走雪花的坚硬
只是想说明
最冷的不是天空

不该开口的命运

阳光扫地

一地无尘

我们在这样的大地

畅谈爱情

我们脱去带泥的鞋子

走向对方

命运不该在此刻开口

让我们

默默转身

一场看不到的雨

黑色的笔

写着发烫的字

返潮的纸

不敢用力拿起

太阳

不肯告诉我

泪藏在

哪个字里

风的浪花

我知道

你看不到我

这是我们两个人的困惑

所以

推波助澜

让你看到今生的蓝

来世的梦

朝拜

五体投地
他们的虔诚让我落泪
每一颗种子有自己的归地
我走不到佛前
可仍然朝着那个方向
双手合十
默念
愿天下人在平安的茧里
抽出四季

复活的童话

趁阳光还在
我走了
留下一把空椅子
满窗台的花
我们之间除了月光
还有童话
我在等一个双脚温热的小孩
把一个空空的火柴盒
给我

永远留在黑夜

侥幸在梦里做一回王
手拿玉玺
当着所有人
在他的名字上盖上免死的金印
兵荒马乱
他也是桃花源地的世子
而我坚持着让梦不醒

一碰就落的雪

捧着经书

寻找一个解释

为何风吹现荒凉

我的牛羊

去了山后的溪旁

它们追寻的云

一碰

雪就落下

怜花

炉火越旺
叶去的地方越遥远
我爱的一朵花
垂着头
自愿放弃了阳光和水
我只好潜入黑暗
在它空心的茎里住留
搓着冻僵的手
扶它抬起头

多想看到你笑

一路落叶

他扫得很慢

身后

叶落不断

北风钻进了他的心里

锁紧眉头

是无效的救治

我幻想做一片淘气的叶

在他眼前

不知疲倦地回旋

画地为牢

一颗石子

激起一个水花

我随石子沉入水下

往事

一圈圈扩大

最后那个

套在我脚下

无须再见

你爬上铁栅栏

一身白毛

却摇着黑色的尾巴

回头看

我没有和你说再见

再见

需要一个盛大的春天

摇碎多少花

才会有一条弯曲的路

通到我们脚下

立冬

如果不是有人提醒
我是不会深究
昨夜的雨声
想起还穿着单衣的风
才明白
树为什么摘下所有的叶
不是挽留
而是用温暖的手
翻开冬天的第一夜

背影如门

你的肩膀不够宽大

背影

如窄小的门

推开

是一个花花世界

永远

不会是一个家

刻在树上的名字

多明亮

你不说话的脸

落叶铺垫

一个沉默的再见

让树疼了一辈子的名字

被风

变成伤口里的盐

迷失的春天

一朵花

失去了一片花瓣

有人

误读了整个春天

一场雪

覆盖了诗行里的“你”

留下一个“我”

不知该在哪一行里搁浅

境由心生

醒来
又急匆匆折返
把梦里的路重新走一回
一路无人
我以为
灰色的屋檐挡住了雨
窗台的土罐子
只藏着老去的风
倾耳听
却是一片雨声

传承

献出五谷
请你来我的柿子树下住
各自的寓言
飞着不同的蜻蜓
我在等
你的蓝蜻蜓落在我的肩头
我的红蜻蜓
飞向一条清澈的河

一封长信

我写了一封很长的信
一片海
在纸上汹涌
尽管沙石擦破了稿纸
鱼咬伤了手指
我还是在想
该用怎样的信封
投递

私定来生

如果我提早离开你
成为一小块土里的石头
我知道
你会牵着我影子的手
陪你一直走
可我的双脚被固定在原地
被你一点点拉长的影子
早已不是我
而是你娶我时
那根颤动的红绸

狂生

攀上暗灰的枝干
等太阳落
一只冷箭结束一天的光辉
钻进余晖独醉
哭着笑着走一回
在山后
扒开一片轻摆的金黄
安然入睡

我的糖

这次

一定要握紧月光

淬成一颗颗晶莹的石头

包上漂亮的糖纸

跟随猫

踩过一团团的树影

在所有站立和睡着的衣服里

放一颗

属于你的

一个拒绝落叶的黎明

画太阳

回头时

枝叶为何轻微地颤动

猜不透

我学会了不问

太阳仍在逃避

我听不到

它在云后的呼吸

只好提着红色的漆桶

追逐着北风

跑遍每一个角落

死去的时间

还未寒暄

灯光

已潜入叶片

长眠

橘黄的时间

风一直没来

突兀的它

始终不能入土为安

最后一壶开水

我们的爱情
只剩最后一片叶子
可我还是
把它扔进了火炉
在上面
放一壶凉水
等它烧开
让茶的苦香
满屋

遁

遁

遁

遁

……

我喊了好久

没有回音

原来

在逃的路上

只有自己

给你一颗星

给你一颗星
你就会爱上我吗
不管你抬头
或是低头

给你一颗星
你就会爱上我吗
你要戴在头顶
还是前胸

给你一颗星
你就会爱上我吗

难道你没发现

我一直对着你眨眼睛

奉命而来

奉命而来
放走
你养在笼里的灰鸽
让它们把星星闪亮的歌
唱上千百遍
趁着月亮还在
推开你的门
招呼悲伤走出来
把壁炉里的火
点燃

倒立的春天

总有

一片小雪花的迷茫

冷与冷之间

有不易察觉的暖

我等你

打开花瓣

我们一起飘零

共赴

倒立的春天

一声“未料”

伞坏了
外面却有一场雨等着
肚里敲响的爱
总遭遇一场意外的疼
踮脚的希望
静美成一朵落地的云
藕断丝连
是她一生未料的果

她的旁边

你在她的
他的
它的旁边
为什么走进我的心里
坐在最高的台阶上
咬着一支
走完半生的铅笔

致白

我的眼睛
看不清东西
我的耳朵
听不懂声音
森林里
凝结着散不开的阴影
只有你
严肃声音后的脸
线条清晰
像一场狂风席卷后
干干净净的地

梦里梦外

叽叽喳喳

叽叽喳喳

三个孩子说着快乐的事情

妈妈笑着

妈妈一直笑着

多甜蜜

留下吧

留下吧

我们躲进被窝

手电筒

让童话变得无比神奇

妈妈笑着

妈妈一直笑着

多甜蜜

梦是雪花

天一亮

就开始融化

情到深处却转凉

起床

将不肯离去的月光收藏

冷了春闺

凉了衣裳

太阳

不会来打扰

窗外草尖泛黄

低垂着

一个蓄意的拥抱

就把孤独

变成举不起的重量

我不能和你对视

后悔

在鸟儿没有落地

就做出选择

麦田

是他金色的疆域

我求来的雨

不能滋养出玫瑰一样的花朵

半截树枝

写下一个湿漉漉的名字

远处

稻草人无心的一次挥手

让我泪流不止

一枚阳光的钉子

捡起一根阳光
把它契进墙壁的红砖
挂上时间
不管我走在独木桥上
还是独驾小船
日子总浮在阳光的表面
并不期待天使
围着我的难题转
只愿在摇摇晃晃的后来
你仍能一路绿灯地穿过马路
走到我面前

黑暗也是家

含着薄荷的风
一定来自山谷后的雪地
牧人带领羊群
归隐在一片云里
树总是那么善良
留下缝隙
让我看到黄昏里返乡的太阳
一杯浓茶喝到这时
云已淡
我等着夜色的降临
黑暗也是家
只是路上太泥泞

万里无云

叫醒
在梦里找不到家的人
思绪纷飞
挂在枝头摇摆
你是第一个举起白手绢的人
告诉我
云朵去了哪里

小心思

放下

手心朝上的双手

静静陪你

绕过一棵棵大树

为了走到太阳的家

偷偷

把手心朝后

温暖身后

弯弯曲曲的小路

为他们穿上黑衣

窗外的风

讲了一夜的鬼故事

醒来

把红色的裙子收起

穿上一件黑色的毛衣

一路祭奠

离开树妈妈的孩子

脚步轻轻

不打扰他们的安眠之地

隐身的鱼

不小心
一滴墨滚落
一地表白
却被你的夜色晕染
没人发现
湖心里
有一尾黑色的鱼
日夜咀嚼着你的夜色
隐藏着自己

迟到的花

菊花
是迟到的孩子
秋风
把告别的信撒在她的脚下
几场冷雨
让她终于说了实话
后悔
因为一个童话
没有赶在二月
回家

接住第一场雪的人

背影

已刻上碑文

云散尽

上山的路

又多了一个岔口

笔直的崖壁

接住第一场雪的人

一定

手上有伤

我要打包

有人给我算过

七十岁

我会像阳光下的雪

回到故乡

临别

我会送给每个含泪的人

一个安详的苹果

对身后等我的人说

稍等

我要打包

带走他们的悲伤

掩盖

你的故事

交代了时间

地点

人物和情节

而结局

却不合情理的平静

秋风萧瑟

那些落叶遮盖了

你最难忘的

花开花落

提前冬眠

再见

我们说出这话

好像世界

已为我们备好疗伤的窝

月光泼在地上

扫一遍

擦三遍

铺上软软的草

轻飘飘的魂

抱着一个裂开的秋果

提前冬眠

盲人道

盲人道
与路边的花池是近邻
我试着走在上面
好疼
眼盲心亮的人让出白天
把黑夜收留
我很担心
那些把星星当作眼睛的人
万一摔倒
绿色的枝丫对他们
是伤害
还是出手相救

门不闭户

小时候

各家的门总开着

清风累了

就进来陪王爷爷喝茶

鸟儿饿了

就飞进来吃我们掉的馒头渣

一个孩子

有好几个家

东跑西跑

家长却从不骂

完成作业

就你当爸爸我当妈妈

过家家

他乡也是故乡

半夜
月亮叫醒我
她说
一颗星星坠落
很难过
我说
别哭
等他的一定是
铺着厚厚地毯的草原
有山有河
有村落

自以为是

我从不认为
一杯酒里沉淀着多少谎言
端起酒杯的人
定是花和叶的相伴

我从不认为
大海情愿祖祖辈辈的苦涩
只是伤口太多
而盐能让它们愈合

翻过山
月亮
一直在等我

心求一静

时间如海
海从未平静
总有孤岛
收留坠落的星星
岛上的蚂蚁
搬着那些沉重的名字回家
离开风浪
耳朵
就会找到安宁

送别

石阶上
落有一根羽毛
风
来了很多次
它没走
仿佛在等
远处的林里传来鸟鸣
像极了哭声
我把含暖的话
变成星河
送它去找妈妈

月亮的皱纹

小云彩

躺在月亮旁边

数着

婆婆脸上的皱纹

一条

两条

怎么那么多

婆婆笑了

因为想你的时间

太多

各怀心事

喜欢

陪一块安静的玻璃

发呆

它看着我

我看着它

相似又不同的风景

我念着

抹着霜白的衰草

它看到

冰河上抖动翅膀的小鸟

目送

你在前面走

留在后面的是我

看你

由一朵轻轻的云

变成

蓝蓝的天

梦别离

第一次

梦到你

在狭长的小巷

你没解释

受伤的额头

白发和喑哑的声音

没来得及握手寒暄

黎明

已立在树的伤口

空巷

无雨

原来最适合别离

纪念碑

蝴蝶拍打着翅膀
带来
南海的消息
散落的云聚集成天空
荒草成茵
来吧
大雪
铺天盖地
我将以洁白而笔直的姿势
面朝天地
记下这草芥昂扬的时刻
将带血的红旗
高高举起

圆满

细雨如沙
我绕过一地白花
影子
贪恋一个个小水洼
玩耍
扔掉伞
让一朵云去飞
沧海桑田
今日终有无数圆满
荡开如画

等你

收回我的担忧

把几个坚硬的字

放进诗行

用温柔的风

安抚竖起的耳朵

幸亏

你提早来了十分钟

否则

阳光变成热浪

我像孩子爱着你

我要冰淇淋
草莓
哈密瓜
巧克力
每种都要吃一个
我要滑滑梯
我要你
在滑梯下等我
等我大叫着
冲进你的怀里

我的痛

橱窗旁
一对情侣相拥热吻
他们的世界
没有我
我属于身后的火车
呼啸声中
幻想月牙上的颠簸

我和你

你要的

我全部给你

你不要的

留给我自己

你要的

是你想象的我

留下的

是你不愿看到的自己

无人知晓

渐变的心事

已不愿在枝头沉寂

归宿

是家乡的湖水

请不要告诉秋天

我曾如火地爱过

变冷的风

也许还有

很快要来的冬天

死火山

人们以为我已死去
无情的芳草
爬上我的肩头
滚滚红尘
遮住我的眼睛
日暮寒雪中
我学会了静默
风里雨里
守着安然的心
我却阻挡不了
第一场春雨后
那些冲破岩石

在风中摇曳的小花

她们泄露了我

藏的最深的爱情

死木

风试图唤醒
墙角堆放的一根木头
它的无动于衷
早激怒了热血的风
被搁置的地方
已经长出茂盛的苔藓
蜗牛都爬上了墙头
它却像卧佛
无论如何也睁不开
沉睡的眼睛

我们恩爱过吗

当所有人的春天
变成冬天
你问我
我们恩爱过吗
其实
我只是一个
离你最近的证人

失眠

天终于亮了

我站在羊群里

数着天边的云朵

牧羊人

不知去了哪里

鞭子却丢在路上

我该如何

将羊儿带离我的心

赶着它们

回到你的故乡

忘

忘记

把双燕描画在屋檐

忘记

碧池泛舟把荷花采

忘记

满山的枫叶剪成蝶

忘记

摘下梅枝上的雪

忘记

窗外冬去春来

却忘不了

你紧蹙的眉头

同眠

时间死了

他早就死了

不肯承认的是我

注定孤独

却扬言时间的陪伴

直到某年某月某一天

某一个地点

埋葬在他的旁边

青草连绵

不能自已

突然

不能自已

身后

春枝探伸

满园的花

仿佛得到

却一直失去

他的美

给我

你的胳膊

枕一座江山

给我

你的额头

吻一个江湖

给我的

白雪覆盖的冬天

惊莲

多少叶

落在身

头顶的尘埃

才能成蝶远去

只一念

树的肩

又被鸟啄出新伤

将落未落的泪

惊醒

一池含苞的你

我是你意义之外的生活

沿着海的轮廓
找你
你丢弃的贝壳
比星星还多
有一天
你放弃追逐
学会后退着生活
你会发现
我比时间更爱你
你从未见过的
意义之外的生活

搁浅的鱼

一尾鱼

也有陆地的记忆

你来时

自会冲上岸堤

你走出森林

她离开大海

这不是偶然

而是天意

逆流而上

明知尽头

是干涸的支流

却执意向前

别怪我背道而驰

看夜空

闪闪发亮

是我全部的鳞片

旧诗

我像首诗
在墙角落满尘埃
黄昏的眸子
摩挲
海棠花又开
你可否
从另一个故乡
走到我的面前
在空白处签下
熟悉又陌生的名字

花比人醉

席地而坐

一朵杏花

飘进我的酒杯

花比人醉

侧耳聆听

一匹黑马

踏尘而去的足音

比风先逝

渐冷的名字

挂在屋檐上

静等

滴水穿石

你不懂我

你怎么也想不到

我的美丽

藏着一条很深的伤痕

你怎么也不会知道

我是一条爱上森林的鱼

你永远弄不懂

我小小的身躯

温暖一片海的原因

你忘不掉的

只是我

一去不返的身影

松果换取的春天

拨动一束阳光
飘浮的小小尘埃
藏着我的歌
用松果换取
松鼠捧着的春天
可否和你捉迷藏
在林间
我躲藏在大树后
偷笑着看你
在你发愁转身时
我轻轻地唱
布谷布谷

知否

我等

春风暖如你的手

我等

紫丁香满园芬芳

我站在那里

衣裳如云

面似花

我的灵魂

几只鸟

在乱石滩上啾啾地聊着

我在几块堆起的石头上

找到一个高点

望着那个看书的孩子

她一直没有理我

安静地坐在木屋前的台阶上

仿佛世间

只有书和一块黑面包

我

我

很平凡

没有你想象的漂亮

只是

像一团光亮

让你想起

把阳光涂在额前的孩子

拿着一面小镜子

把一个跳动而闪亮的圆

投射在斑驳的墙上

你刚伸出手

它却有了自己的方向

望星

夜莺刚叫了几声

我已经把月亮挂在了窗前

等你

带我去那片竹林

你在旁边的空地

用竹枝画了一间很大的房子

我们坐在屋顶

给刚刚出生的小星星

起一个闪亮的名

喜欢你

喜欢你

独自走过大街小巷

喜欢你

把忧伤当作歌来唱

喜欢你

在黑夜把太阳的故事讲

喜欢你

将一朵花开成两个人的模样

犹豫

无须解释

你的告白像从天而降的风筝

落在我的脚下

我该怎样修复那断线的伤口

等在结满果子枝头的鸟

早已不耐烦了

而我还在犹豫着是否请一只蝴蝶

让风筝

完璧归赵

我想我变了

我想
我已不再是四处猎食的豹子
把占领地盘
夺取爱情
当作自己奔跑的方向

我想
我已变成了一朵小花
静静地开在湖边
那些飘来飘去的彩色幻想
变成了淡淡的花香

我想

我是真的变了

不再把等待变成太阳

而是静守着岁月

一再地开放

海之眼

为了
让小船变得更轻
我扔掉所有的行李
只留下食物
水
还有一船的阳光
我不再向往
住着森林的海岸
也不跟不断赶来的浪花斗嘴
小船变成一只眼睛
让大海能够看到
朵朵白云

我们

年轻时
我们是鼓
总想发出喧嚣之上的强音
大谈理想
畅想爱情
后来我们变成了失踪的河流

再聚时
我们带着浅浅的笑
说起孩子
聊起生死
不时看着还想横穿马路的时间

在只有蜡烛的夜晚

我们隔着大片金色的麦田

举着白色的草帽

挥手再见

孩子的游戏

这是一条没有鱼的小河
我光着脚
在里面找了很久
小河贴着我的脚面流淌
仿佛忘记了忧伤
我搬来巨大的石头
在河中央铺出一条小路
它像一道咒语
让时间放慢了脚步

美梦成真

我想坐在花园的长椅上
和夜晚聊天
在鸟儿的摇篮里
放两块糖果
趁着树在睡觉
给它的伤口涂上药
我们不在乎影子是否长高
只希望有人
美梦成真

受伤的面具

这个夜晚
没有我
会孤单吗
长长的木椅上
是谁
丢下一个受伤的面具
它和我一起笑
却不知为了什么

你的问题，我的答案

你递给我一个问号
很轻
带着月光
我的答案撞上蛛网
挣扎着
掉在地上
请原谅
它飞不到你的身旁
等你变成再不提问的犀牛
它会栖息在你的头上
和你看着远方

父亲

电话里
父亲的声音欣喜若狂
我把送出的笑
还给自己
这父爱
闪电也追不上
这深情
千金也无法补偿
一列火车拖着我的悲伤
去了遥远的地方
鸣笛
响亮

青蛙的日记

今天

只看到蓝天

蝴蝶也不知去了哪里

今天

只看到一朵白云

目不转睛地看着我

好像永不分离

今天

下了一场大雨

仿佛黄昏故弄的一场恶作剧

今天

风扔下一片树叶

我想起

站在井口拿着野花的你

独自返程

幸福

未必伴着好时光

这路上

等你的不止我一个

我只要陪你走出这片沼泽

在阳光下

看你挥手再见的模样

返程的路上只有我

而我

绝不悲伤

为我，长命百岁

耳朵里藏着轰鸣

我怀疑

送你来的那辆火车

是梦的戏弄

我听到一个坚果破碎

赶紧

把苍老的夜晚搀扶

请多多保重

为我

定要长命百岁

荡来荡去

看一盆花枯萎

看一条鱼死去

看食物腐烂

看老楼坍塌

看一瓶药过期

看一本书烧毁

看爱情毁于一旦

看老人故去

在死亡的面前

千锤百炼

我仍在恐惧的秋千上

荡来荡去

抱歉，我认错人了

旧园还在
苹果树还在
只剩下一个孤零零的苹果
无人爱

你不会摘
我也不会摘
你在我身后夸着秋田
大如海

你没走到我面前
我也没有转身把你看

只说声

抱歉，我认错人了

唉

这里的青鸟

再没回来

友谊万岁

在你手中
塞进一个晴天
摘下面具
吞下几颗星星的药丸
停止
太阳与月亮的追赶
把两朵云的拥抱
当作习惯
我们终于学会面对坦然
把沟渠变成河流
迎来
远方的船

浮生

收起
所有花开的声音
等秋风
将一本厚厚的书看完
陪一片叶
绿过这个漫长的冬天
决意
在人生最后的三个月
把衣衫褴褛的浮生
留给爱情

你的画

你反复描画
她的眼角
你总想让它向上翘
可她的忧伤
早变成你突然爱上的黑色情调
暖色的颜料
未动地在盒子里睡觉
像城外的荒草
静静等
一场寒雨的来到

黑夜，从未笑过

黑夜

从未笑过

哪怕

我在他怀里点起烛火

他用安静的被

将我安抚在一场虚无缥缈的梦里

我还没解释

一颗离岸的贝壳

为何再也不肯回去

他已披着冬雪

站在那里

刻舟求剑

虫儿

咬了大米

苹果

还有昨日的月亮

秋水寒

人儿瘦

采莲的小船比去年

轻了一半

姑娘啊姑娘

还在

刻舟求剑

爱的契约

要爱
就一辈子吧
不会质疑
哪怕在落叶纷飞的秋天
上帝还没在天空写下祝福
我们已摁下指印
一个在白天
一个在夜晚

把你留在秋天

为你
刷了一辈子的碗
也没换来一个永恒的春天
再不提改变
把你留在这个秋天
不再向前

不是情弦已断
是我
怕你因为一片雪花
爱上冬天
陷在沉默里的火焰

怎能够

给你满屋的暖

后面的时间

请爱

这片金黄的麦田

浅浅的蓝

而我

后退着找回从前

我不相信时间

有人
总以为趴在时间的胸口
大声哭
就可以让她低头

有人
自以为拉着时间的手
闭着眼睛
都不会摔跟头

有人
相信站在原地

不断喊着时间的名字
她就会退回
亲吻你的额头

我不相信时间
说完
命运就开始摇头

倒退的时间河

人一老
就会发现时间的河流在倒退
我却把船头朝向未来
不肯回首
再没机会
爬上枯死的白桦树
去抚摸乔装成树冠的云朵
往事拍打着我的后背
像极母亲的手
河路崎岖
尖利的石头碰撞着船尾
船头左右摇摆

我不再害怕

前进和后退没什么不同

出发地早就变成了广阔的天空

与其在陌路彷徨

不如在熟悉的河里歌唱

我等待着一个浪头

让我跳出时间

在无人等候的岸上

用他饮过的江水

洗净双手

终将回到内陆

终将
从海面的小船
回到地面
从雪山的最高点
回到草原
从地图的边缘
回到内陆

温暖的孤独
冒险寻找墓碑下的出口
救出灵魂
兑现
一个抱歉的誓言

都是时间的错

空碗里

放下一根泡椒

饱饮夜色

泡椒的味道发生了改变

黑夜在黎明之前

抱怨

不是我的错

都怪黏人的时间

把谎言当作盐

信以为真

母亲

渐渐从全家福的照片中隐去

年轻的我们

也不知去了哪里

逃避的路上

总是找不到回家的门

独木桥上的人

输不起

当突变成巨婴的恐惧打败坚持时

总被身后的阳光抱紧

好像有人在不停地说

没事的跟着默念直到信以为真

隐身，在斑马线

隐身

站立在斑马线上

车辆和人群

太匆匆

我用左手

在人们左肩按下红掌印

表示快乐

我用右手

在他们右肩按下黑手印

表示难过

在这条斑马线上

你一定想不到

麻木的人

最多

空花盆

出生三个月
小猫脚下就有了狮子的影子
我的空花盆里
也藏着一个
它是神秘的说客
让一株花
厌倦了深情、阳光、土壤和水
因为畅想的自由
而离家出走

我是一条有理想的蛇

我希望
长出一双温暖的手
鸟儿唱歌时
献上我热情的掌声
和孩子嬉戏时
像所有父亲一样
把他举过头顶
月圆之时
采许多的野花
装饰我和她缠绵的婚床
我是一条有理想的蛇
虽然没有人类那么繁杂

可我更愿意用行动表达

很奇怪

拥有双手的人类

总爱说

却很少做

撒娇

妈妈讨厌

哼

妈妈讨厌

小熊

用棍子把地敲得巨响

妈妈摇摇头

躺上摇床

小家伙一下蹿上去

钻进妈妈怀里

头顶着妈妈的胸口

妈妈讨厌

哼

妈妈讨厌……

画尾巴

我们给对方画三条尾巴

鸟

狮子

还有鱼尾

我们可以上天入地

阻止杀戮和战争

让黑夜和白天握手言和

让人们微笑着生活

我们也许会累死在路上

我们给了彼此三条命

一条救别人

一条救亲人

最后一条救自己

我把心留在那里

像被揉碎的花生皮

躺在熟悉的碗里

我突然明白一个事实

我带回

草原的牛肉干

奶片

红啤梨

一身的羊膻气

晒黑的皮肤

还有七天

云投给我的记忆

却把心

留在牧羊人的鞭子

抽打的大地

送一朵花给一条路

这条路
默默地望着我
它送上任意驰骋的草原
白桦林
俯首的羊群
在阳光下微笑的向日葵
将我挽留
过客的背包
总是很轻
我把最难舍的一朵花
献给这条也许不再相遇的路
我们一起回忆
儿时获得赞美的幸福

时间的老人

在未来的眼里

时间是个老人

他把希望的拐杖

递给时间

这个至死不说爱的人

除了幻想一条河

比谁都沉默

坠落的星星和我

我们

都选择了海

只是我有些害怕

它却坦然

我背对着黑暗

张开双臂

等待它坠入我的怀抱

变成我来生的心

遇见你还有多远

为了

不让那个梦复活

在和别人的寒暄中

不提你

不同的伞

追逐不一样的泡沫

我们有各自为安的漩涡

别笑我

在某个生病的夜晚

搂着记忆的脖子

在它消瘦的背上颠簸

一个声音在旁边焦急地说

快到了快到了

我没变

我没变

还是原来的我

变的是爱

昨天

我爱的是全世界

今天

我爱的是你

石膏像

痛

一生苍白

与灼灼的目光对峙

夜色涌入脚下

高举的手终于放下

做遮羞的叶

再装不出风轻云淡

做盖世的英雄

我给你写的信

想你

时间将我压服在纸上

三百个房间

关着爱

剩下六十五个日子

交给雨季

洗了又洗

变成不落的云

漂亮朋友

起风了

秋天用冷雨封住了窗子

我把夏天的裙子收起

突然发现

好几条裙子竟然一次都没穿过

我忘记了它们

就像那些漂亮的朋友

不是他们不够好

而是

我爱上了和白色绵羊的嬉戏

两粒花籽

一开窗

阳光就涌了进来

它们急着把尘埃点燃

让我误会万事大吉

我不会

再为一句豪言壮语

画一幅美景

挂在墙壁

无论我的小小宝藏

有多么贫瘠

至少记忆的篮子里

还有花籽

两粒

美味的薄饼

风婆婆

用力擀着蓝色的海水

一层又一层

她要做美味的薄饼

撒点雪花

捏出花边

刚做好

就被鱼儿一抢而空

风婆婆只好不停地做啊做

月亮心疼地说

风婆婆

您真好

喂饱了鱼儿

别累坏了自己

停电了

突然
停电了
黑夜
钻进我的怀里
我说
好
我搂着你睡
他没说话
星星
却眨了两下眼睛

葡萄熟了

狐狸
偷走了葡萄
山那头
它的孩子在等
放下猎枪
等天空收走
一半暗
一半明的心情

他的眼睛

老眼昏花的路灯
再也不能
为我指认温暖的背影
只能
把影子变成一个巨人
给我安慰
后悔
给它画上明亮的眼睛
看透
我不经意的伤悲

疗伤

她喜欢自拍
晾漂亮的衣服和美食
仿佛很快乐
时间没笑
它明白人生的失落
像云蔽日
就是为了拉上白帘
为它疗伤

我是你寂寞门上的补丁

秋的门
被寂寞蛀了一个洞
透出风吹斜的光
我随一片心形的叶
奔向你
成为你寂寞门上的补丁
而你
是我孤独里的同心圆

衣角莲

总有那么一天
我会离开这喧嚣
静静走出你的视线

总有那么一天
我会丢弃这执着
默默跨过情的边缘

一切与爱的纠缠
都将化作手中的线
日夜不停
密密匝匝

绣在岁月残破的衣角

有一朵红莲

初识般的宁静娇艳